SAPHO

A

PHAON;

HÉROIDE.

Par Blin de Sainmore

AVERTISSEMENT.

SAPHO de Lesbos étoit aussi célebre par la délicatesse de ses vers, que par la passion violente qu'elle ressentit pour Phaon. Ce jeune homme, qui, selon quelques Auteurs, étoit de Sicile, vint à Lesbos, se fit aimer de Sapho, répondit même à son amour; mais bientôt il l'abandonna pour s'en retourner en sa patrie. Sapho lui écrivit un grand nombre de lettres, qui ne nous sont point parvenues, & auxquelles il ne daigna pas répondre. Desespérée de cette indifférence, elle se détermina à passer en Sicile, où elle fit tout ce qu'elle put pour le faire revenir; mais voyant que ses efforts étoient inutiles, elle se précipita dans la mer. C'est sur le point de partir que nous supposons que Sapho écrivît cette Epître à Phaon

Ce n'est point ici une traduction, mais une

imitation très-libre de l'Héroïde qu'Ovide nous a laissée sur le même sujet. Cette lettre, quant au fond, n'a rien d'extraordinaire ; c'est une Amante abandonnée, qui se livre tantôt aux transports de l'amour, & tantôt à ceux de la fureur. Quoi qu'il en soit, l'Auteur a cru que le nom de Sapho, à la tête d'un ouvrage en vers, suffisoit seul pour le rendre intéressant.

SAPHO

A

PHAON,

HÉROIDE.

Quoi ! Phaon ne vient point .. & par un long silence
Il peut aigrir les maux caufés par fon abfence ...
Grands Dieux ! le reverrai-je ? ... Hélas ! fi malgré toi
Un obftacle puiffant te retient loin de moi,
Que ta main, cher Phaon, daigne du moins m'apprendre
Si l'Amant le plus cher eft encor le plus tendre.
Dois-tu de ton afpect long-tems priver mes yeux ?
Vingt fois l'Aftre divin qui brille dans les cieux
A fur les Lesbiens répandu fa lumière ;
Vingt fois il a, dans l'onde, achevé fa carrière ;
Depuis l'inftant fatal, fignalé par mes pleurs,
Où mon cœur fut percé des plus vives douleurs ;
Cet inftant où je vis tes voiles fugitives,
Peut-être pour jamais, t'éloigner de ces rives.

A iij

Helas ! avant ce jour, où, d'un œil enchanteur,
Tu troublas, cher Phaon, le calme de mon cœur,
Où je flattai le tien d'une douce espérance,
Mes jours paisiblement couloient dans l'innocence :
Mes yeux, pendant la nuit, fermés par le sommeil,
Ne s'ouvroient point alors pour pleurer au réveil,
Et par ses sons brillans ma lyre enchanteresse
Entraînoit sur mes pas les Peuples de la Grece.

Tu parus ... à l'instant je sentis, malgré moî,
Mon ame s'émouvoir, & s'enchaîner à toi.
Sur mes sens agités je n'avois plus d'empire :
Je soupirois ... ma main s'arrêtoit sur ma lyre ;
Mon esprit s'égaroit dans des discours confus,
Et mon cœur enflâmé ne se connoissoit plus.
Dans ce cruel état que j'éprouvai d'allarmes :
Trois fois, sans se fermer, mes yeux noyés de larmes
Ont revu du Soleil la fuite & le retour.
Je reconnois alors l'impitoyable Amour.
Je veux lui résister.... mais espérance vaine !
Tous mes efforts ne font que resserrer ma chaîne ;
Le feu le plus ardent s'allume dans mon cœur,
S'irrite par degrés, & se change en fureur.

Prés de ces lieux charmans, de ces bords où la vûe
Admire, en s'égarant, une immense étendue,
Où la plaine des mers, & la voûte des cieux
Semblent dans le lointain se confondre à nos yeux.
Non loin de cette rive est un lit de verdure,
Qu'ombrage un orme épais, qu'arrose une onde pure.

Ce fut là que ton cœur, embrafé par l'Amour,
A Sapho qui t'aimoit demanda du retour.
Ce fut là, cher Phaon, qu'au gré de ta tendreffe,
Je fis, en rougiffant, l'aveu de ma foibleffe.
Comment aurois-je pû réfifter à tes feux ?
Tout ce que tu difois étoit peint dans tes yeux.
Je voyois fur ton front la candeur ingénue ;
Tes regards s'enflâmoient . . . ton ame étoit émue.
Hélas ! j'aurois voulu, dans des inftans fi chers,
Te cacher dans mon fein aux yeux de l'univers.

» Un jour, en foupirant, je m'en fouviens encore,
» Je te dis, cher Amant, tu m'aimes ; je t'adore :
» Mais hélas ! un foupçon vient troubler mon plaifir . . .
» Quelle crainte, dis-tu, Sapho, vient te faifir ?
» Quand mon cœur fent pour toi la flâme la plus pure
» Pourrois-tu foupçonner ma bouche d'impofture ?
» Ah ! Sapho, ne crains rien : tu verras chaque jour,
» Par le feu des plaifirs, s'accroître mon amour.
» Oui, qu'à ce même inftant la mort la plus cruelle
» Couvre plutôt mes yeux d'une nuit éternelle,
» Si de notre union brifant les nœuds charmans,
» Je dois un jour changer & rompre mes fermens.
Qu'aisément, quand on aime, on croit ce qu'on defire !
L'Amour feul, ai-je dit, eft le Dieu qui l'infpire.
Le foupçon s'envola de mon cœur amoureux :
Je n'oppofai plus rien, & Phaon fut heureux.
Rappelle-toi ce jour, fi cher à ma tendreffe,
Ces momens, où plongés dans la plus douce yvreffe,

Nous étions tous les deux au comble du bonheur ;
Où ferré dans mes bras tu mourois fur mon cœur.
Ma bouche, cher Amant, refpiroit fur la tienne :
Ton ame avec tranfport s'élançoit dans la mienne,
Et nos feux embrafés fans ceffe renaiffans
Sembloient, par les plaifirs, multiplier nos fens.
O rapides inftans ! O jours remplis de charmes !
Deviez-vous être, hélas ! fuivis de tant d'allarmes ?

    O Ciel ! tout eft changé . . . . Funefte fouvenir,
Pour jamais de mon cœur ne puis-je te bannir ?
La fidelle Cidno, par l'amitié conduite,
D'un air pâle & défait vient m'annoncer ta fuite.
Je doute quelque tems de mon trifte deftin :
Je crains de m'éclaircir ; & d'un pas incertain
Sur la rive, en tremblant, je me traîne éperdue.
Quel fpectacle, grands Dieux ! s'y préfente à ma vûe !
Ton vaiffeau fur les mers s'enfuit au gré des vents.
Le fouffle de la mort glace auffitôt mes fens ;
Je tombe ; & fur ces bords je demeure expirante . . .
Je rouvre à peine au jour ma paupiere mourante,
Arrête, m'écriai-je, arrête . . . . mais en vain :
Ton vaiffeau fuit toujours, & difparoît foudain.
De mes cris effrayans je remplis le rivage :
Je ne me connois plus dans l'excès de ma rage ;
Je déchire mon fein ; j'arrache mes cheveux.
J'appelle enfin la mort : mais repouffant mes vœux,
Vingt fois au même inftant la Déeffe barbare
Ouvre & ferme à mes yeux les portes du Tenare.

Depuis ce jour fatal, ce funeste moment,
Que le tems, à mon gré, s'écoule lentement !
Que, sans toi, ces beaux lieux ont pour moi peu de charmes!
Je ne me plais, hélas ! qu'à répandre des larmes.
Sur les aîles des vents, quand tout fuit avec toi,
Quel plaisir, cher Amant, peut être encor pour moi ?
Pour orner les présens que m'a faits la nature,
Ma main n'emprunte plus l'éclat de la parure.
Moi, me parer ! Pour qui ? Si tes feux sont éteints,
Eh ! que m'importe à moi le reste des humains !
  TANDIS qu'aux noirs chagrins ton Amante est en proye,
Que tu dois essuyer les pleurs où je me noye,
Phaon, tu vis content, & tu braves mes maux.
Quel droit ai-je en effet de troubler ton repos ?
Dois-tu, brûlant toujours pour une infortunée,
A ses tristes destins voir ton ame enchaînée
S'enflâmer, se quitter, se tromper tour à tour ?
Ce n'est qu'un jeu frivole, applaudi par l'Amour.
Les sermens ne sont plus qu'une fragile chaîne,
Qu'on forme sans dessein, & qu'on brise sans peine.
Quoi ! tu brûles pour moi, tu m'inspires ton feu,
Tu me quittes : je meurs ; & ce n'est-là qu'un jeu ?
Ah ! Phaon, à ton cœur je rends plus de justice :
Ton amour pourroit-il n'être qu'un vain caprice ?
Hélas ! Combien de fois m'as-tu dit dans ces lieux,
Qu'un Amant infidele étoit un monstre affreux ?
  DU plus tendre des Dieux, mere plus tendre encore,
Déesse des plaisirs, ô Venus ! je t'implore,

Toi qui, propice aux vœux d'un mortel enflâmé *,
Donnas un cœur fensible au marbre inanimé,
A mes cris pourrois-tu n'être pas favorable ?
Il ne faut point toucher une ame inexorable.
Je te demande, hélas ! qu'en ces lieux rappellé,
Phaon brûle des feux dont fon cœur a brûlé.

De's l'inftant que pour toi je conçus cette flâme,
L'Amour, en traits de feu, t'a gravé dans mon ame.
Je ne vis que pour toi : je t'aime avec fureur ;
Et rien ne peut jamais t'arracher de mon cœur.
Quand par l'éclat du jour la nuit eft effacée,
Ton image, Phaon, vit feule en ma penfée.
Et par le doux fommeil quand mes maux font calmés,
Un fonge vient t'offrir à mes regards charmés.
Je te vois t'avancer à ma voix qui t'appelle ;
Tu fouris ; dans tes yeux le plaifir étincelle.
Je renais à l'inftant . . . . tous mes fens font émus :
Je vole t'embraffer . . . . & ne te trouve plus.
Jufte Ciel ! quel réveil à mon repos funefte !
Je n'ai plus mon Amant, & mon amour me refte.

O nuit ! charmante nuit, favorable à l'amour,
Nuit cent fois, à mon gré, plus belle que le jour,
Par tes illufions reviens tromper mon ame ;
Reviens mettre en mes bras cet objet qui m'enflâme,
Et par le faux plaifir d'un menfonge charmant,
Viens de la vérité m'épargner le tourment.

Est-il vrai, cher Phaon, que ta main infidelle

* Pigmalion.

Ait rompu pour jamais une chaîne auſſi belle ?
De quoi peux-tu te plaindre ? Ai-je trahi ta foi ?
Quelqu'un de tes rivaux l'emporte-t-il ſur toi ?
Ai-je franchi des mers cette immenſe intervale,
Pour troubler ton repos, & braver ma rivale ?
Tu ne te plains de rien, barbare . . . & tu me fuis ;
Tu me laiſſes en proye aux plus triſtes ennuis :
Eh quoi ! de te revoir n'ai-je plus d'eſpérance ?
Sapho, plus que la mort, craint ton indifférence.
Tu me fuis . . . Ah ! cruel, que ne puis-je, à mon tour,
Etouffer dans mon cœur les flâmes de l'amour :
Mais ce feu dévorant qui brûle dans mes veines,
Accru par mes plaiſirs, croît encor par mes peines.
Il eſt vrai . . . la nature avare en ſes bienfaits,
Ne m'a point prodigué les plus brillans attraits :
Cependant l'autre jour rêvant ſur le rivage,
Dans le miroir des eaux j'apperçus mon image.
Si cette onde eſt fidelle, & ne me trompe pas,
L'on pourroit à Sapho trouver quelques appas.
Eh ! d'ailleurs ce talent que vante en moi la Grece,
Qui me fait mettre au rang des Nimphes du Permeſſe *,
Cet eſprit que jadis tu trouvois ſi charmant,
Ne peut-il remplacer un fragile agrément ?
Va, crois-moi, la beauté dont ton orgueil ſe vante
Eſt ſemblable à la fleur, à la roſe éclatante
Qui naît avec l'aurore, & meurt avec le jour.

    QUAND ton cœur autrefois ſenſible à mon amour,

* Sapho fut ſurnommée la dixieme Muſe.

Craignoit qu'un jour le mien ne devînt infidelle.
Je te plaisois alors : Vénus étoit moins belle.
Tu voulois, disois-tu, m'aimer jusqu'au trépas ;
Et maintenant tu fuis . . . Non, tu ne m'aimois pas.
Ton hypocrite cœur ne sçut jamais que feindre ;
Et ce cœur inconstant est las de se contraindre.
Si par de vains transports tu flattois mon tourment ;
Je les dus au caprice, & non au sentiment.
Mes yeux s'ouvrent enfin. Brûlant pour d'autres charmes,
Phaon glacé pour moi triomphe de mes larmes.
Quoi ! je sçaurois qu'un autre auroit pû t'enflâmer,
Et je vivrois encore, & vivrois pour t'aimer !
Qui, moi, t'aimer, cruel ! moi chérir un perfide,
Qui brave ses sermens, que l'inconstance guide,
Et qui, tout orgueilleux de ses foibles attraits,
Inspire de l'amour, & n'en ressent jamais.
Va, ne te flatte pas que ta beauté funeste
Nourrisse dans mon cœur des feux que je déteste.
Quand l'Amour à mes pieds t'enchaînoit sous ma loi,
Phaon tendre & fidele étoit un Dieu pour moi :
Mais Phaon inconstant, & surtout inflexible,
A mes yeux indignés n'est plus qu'un monstre horrible.
Et vous, terribles Dieux, implacables vengeurs,
Dieux justes, qui lisez dans l'abîme des cœurs,
Vous dont l'œil est ouvert sur toute la nature,
Vous sçaviez que Phaon étoit traître & parjure,
Et vous ne pouviez pas, propices à mes vœux,
Soulever contre lui les vents impétueux !

Quoi ! ces mers, quoi ! ce ciel, si fameux par l'orage,
Ont, par un calme heureux, secondé son passage !
Grands Dieux, pour qui la foudre est-elle dans vos mains ?
Vous favorisez donc les crimes des humains.
Oui, cruel, je te livre à leur juste vengeance.
Que ce terrible Mont *, témoin de ta naissance,
Barbare, soit aussi témoin de ton trépas :
Que ses gouffres brûlans s'entr'ouvrent sous tes pas ;
Ou que du haut des airs la foudre étincelante
Sur toi tombe en éclats, & venge ton Amante.
    MAIS hélas ! où m'égare un vain emportement ?
Ma bouche te menace, & mon cœur la dément.
Dieux ! ne m'exaucez point ; épargnez ce que j'aime.
Ah ! frapper mon Amant, c'est me frapper moi-même.
Et toi, mon cher Phaon, pardonne à mon courroux :
Peut-on sentir l'amour, & n'être pas jaloux ?
Viens... que je puisse, au gré de ma brûlante flâme,
Me livrer toute entiere aux transports de mon ame ;
Qu'oubliant l'univers, que sûre de ta foi,
Je puisse à jamais vivre & mourir avec toi.
Tu ne viens point... mes maux ont-ils pour toi des char-
        mes ?
Et sans être attendri, vois-tu couler mes larmes ?
Non, ton cœur n'est point fait pour tant de cruauté.
Sensible à mes douleurs, & d'amour transporté,
Tu reviens... Dieu des vents, enchaîne les orages :
Défends aux Aquilons de troubler ces rivages.

    * L'Ætna, montagne de Sicile.

Vous, Zéphirs, déployez vos aîles dans les airs ;
Soufflez feuls en ces lieux, & regnez fur les mers.
O toi qui fus propice à fa fuite coupable,
Neptune, à fon retour fois auffi favorable ;
Et toi, Fils de Vénus, tendre Dieu des Amours,
Conduis Phaon au port, & veille fur fes jours.
Tu reviens, cher Amant : ô Ciel ! eft-il poffible ?...
Quoi ! je vais te revoir, & te revoir fenfible !...

    MAIS pourquoi m'abufer par une vaine erreur !
Phaon, n'en doutons plus, eft ingrat & trompeur.
Eh bien, tremble, cruel, frémis, & crains ma rage :
Je vole dans ces lieux où ta froideur m'outrage.
Oui, barbare, j'y vais m'affurer de tes feux,
Te voir, t'aimer, te plaire, ou mourir à tes yeux.

F I N.

www.ingramcontent.com/pod-product-compliance
Lightning Source LLC
LaVergne TN
LVHW010241060726
842519LV00014B/1959